損益利害禍福之類相爲倚伏是非功罪之相反亦天下至理唯心之至明者能識之通篇不外此意

禍福等類皆起於微小

張賓王曰以上總

淮南鴻烈解卷十八

人間訓

清淨恬愉人之性也儀表規矩事之制也知人之性其自養不勃知事之制其舉錯不惑發一端散無竟周八極總一筦謂之心見本而知末觀指而睹歸執一而應萬握要而治詳謂之術居知所爲行知所之事知所秉動知所由謂之道道者置之前而不鞼錯之後而不軒内之尋常而不塞布之天下而不窕是故使人高賢稱譽已者心之力也使人卑下誹謗已

者心之罪也夫言出於口者不可止於人行發於邇者不可禁於遠事者難成而易敗也名者難立而易廢也千里之隄以螻螘之穴漏百尋之屋以突隙之熛焚堯戒曰戰戰慄慄日愼一日人莫蹪於山而蹪於蛭是故人皆輕小害易微事以多悔患至而後憂之是由病者已惓而索良醫也雖有扁鵲俞跗之巧猶不能生也夫禍之來也人自生之福之來也人自成之禍與福同門利與害爲隣非神聖人莫之能分凡人之舉事莫不先以其知規慮揣度而後敢以定

明此三者則損益利害禍福洞然矣

張賓王曰以下分

張賓王曰極言世態之變

謀其或利或害此愚智之所以異也曉自然以爲智知存亡之樞機禍福之門戶舉而用之陷溺於難者不可勝計也使知所爲是者事必可行則天下無不達之塗矣是故知慮者禍福之門戶也動靜者利害之樞機也百事之變化國家之治亂待而後成是故不溺於難者成是故不可不慎也天下有三危少德而多寵一危也才下而位高二危也身無大功而有厚祿三危也故物或損之而益或益之而損何以知其然也昔者楚莊王既勝晉於河雍之間歸而封孫

叔敖辭而不受病疽將死謂其子曰吾則死矣王必封女女必讓肥饒之地而受沙石之間有寢丘者其地确石而名醜荆人鬼越人機人莫之利也孫叔敖死王果封其子以肥饒之地其子辭而不受請有寢之丘楚國之俗功臣二世而爵祿唯孫叔敖獨存此所謂損之而益也何謂益之而損昔晉厲公南伐楚東伐齊西伐秦北伐燕兵横行天下而無所綣威服四方而無所詘遂合諸侯於嘉陵氣充志驕淫侈無度暴虐萬民內無輔拂之臣外無諸侯之助戮殺大

臣親近導諛明年出遊匠驪氏欒書中行偃劫而幽之諸侯莫之救百姓莫之哀三月而死夫戰勝攻取地廣而名尊此天下之所願也然而終於身死國亡此所謂益之而損者也夫孫叔敖之請有寢之丘沙石之地所以累世不奪也晉厲公之合諸侯於嘉陵所以身死於匠驪氏也衆人皆知利利而病病也唯聖人知病之爲利知利之爲病也夫再實之木根必傷掘藏之家必有殃以言大利而反爲害也張武教智伯奪韓魏之地而擒於晉陽申叔時教莊王封陳

氏之後而霸天下孔子讀易至損益未嘗不憤然而歎曰益損者其王者之事與事或欲以利之適足以害之或欲害之乃反以利之利害之反禍福之門戶不可不察也陽虎爲亂於魯魯君令人閉城門而捕之得者有重賞失者有重罪圍三匝而陽虎將舉劒而迫顧門者止之曰天下探之不窮我將出子陽虎因赴圍而逐揚劒提戈而走門者出之顧反取其出之者以戈推之攘祛薄腋出之者怨之曰我非故與子反也爲之蒙死被罪而乃反傷我宜矣其有此難

聖人與人不同唯其神明也

也魯君聞陽虎失大怒問所出之門使有司拘之以爲傷者受大賞而不傷者被重罪此所謂害之而反利者也何謂欲利之而反害之楚恭王與晉人戰於鄢陵戰酣恭王傷而休司馬子反渴而求飲豎陽穀奉酒而進之子反之爲人也嗜酒而甘之不能絕於口遂醉而卧恭王欲復戰使人召司馬子反辭以心痛王駕而往視之入幄中而聞酒臭恭王大怒曰今日之戰不穀親傷所恃者司馬也而司馬又若此是亡楚國之社稷而不率吾衆也不穀無與復戰矣於

是罷師而去之斬司馬子反爲僇故豎陽穀之進酒也非欲禍子反也誠愛而欲快之也而適足以殺之此所謂欲利之而反害之者也夫病溫而強之食病暍而飲之寒此衆人之所以爲養也而良醫之所以爲病也悅於目悅於心愚者之所利也然而有道者之所辟也故聖人先忤而後合衆人先合而後忤有功者人臣之所務也有罪者人臣之所辟也或有功而見疑或有罪而益信何也則有功者離恩義有罪者不敢失仁心也魏將樂羊攻中山其子執在城中

城中縣其子以示樂羊樂羊曰君臣之義不得以子爲私攻之愈急中山因烹其子而遺之鼎羹與其首樂羊循而泣之曰是吾子已爲使者跪而啜三杯使者歸報中山曰是伏約死節者也不可忍也遂降之爲魏文侯大開地有功自此之後日以不信此所謂有功而見疑者也何謂有罪而益信孟孫獵而得麑使秦西巴持歸烹之麑母隨之而嗁秦西巴弗忍縱而予之孟孫歸求麑安在秦西巴對曰其母隨而嗁臣誠弗忍竊縱而予之孟孫怒逐秦西巴居一年取

以爲子傅左右曰秦西巴有罪於君今以爲子傅何也孟孫曰夫一麑而不忍又何況於人乎此謂有罪而益信者也故趨舍不可不審也此公孫鞅之所以抵罪於秦而不得入魏也功非不大也然而累足無所踐者不義之故也事或奪之而反與之或與之而反取之智伯求地於魏宣子宣子弗欲與之任登曰智伯之強威行於天下求地而弗與是謂諸侯先受禍也不若與之宣子曰求地不已爲之奈何任登曰與之使喜必將復求地於諸侯諸侯必植耳與天下

同心而圖之一心所得者非直吾所亡也魏宣子裂地而授之又求地於韓康子韓康子不敢不予諸侯皆恐又求地於趙襄子襄子弗與於是智伯乃從韓魏圍襄子於晉陽三國通謀擒智伯而三分其國此所謂奪人而反爲人所奪也何謂與之而反取之晉獻公欲假道於虞以伐虢遺虞垂棘之璧與屈產之乘虞公惑於璧與馬而欲與之道宮之奇諫曰不可夫虞之與虢若車之有輪輪依於車車亦依輪虞之與虢相恃之勢也若假之道虢朝亡而虞夕從之矣

虞公弗聽遂假之道荀息伐虢遂克之還反伐虞又投之此所謂與之而反取者也聖王布德施惠非求其報於百姓也郊望禘嘗非求福於鬼神也山致其高而雲起焉水致其深而蛟龍生焉君子致其道而福祿歸焉夫有陰德者必有陽報有陰行者必有昭名古者溝防不修水爲民害禹鑿龍門辟伊闕平治水土使民得陸處百姓不親五品不慎契教以君臣之義父子之親夫妻之辨長幼之序田野不修民食不足后稷乃教之辟地墾草糞土種穀令百姓家給

人足故三后之後無不王者有陰德也周室衰禮義廢孔子以三代之道教導於世其後繼嗣至今不絕者有隱行也秦王趙政兼吞天下而亡智伯侵地而滅商鞅支解李斯車裂三代種德而王齊桓繼絕而霸故樹黍者不獲稷樹怨者無報德昔者宋人好善者三世不解家無故而黑牛生白犢以問先生先生曰此吉祥以饗鬼神居一年其父無故而盲牛又復生白犢其父又復使其子以問先生其子曰前聽先生言而失明今又復問之奈何其父曰聖人之言先

忤而後合其事未究固試往復問之其子又復問先生先生曰此吉祥也復以饗鬼神歸致命其父其父曰行先生之言也居一年其子又無故而盲其後楚攻宋圍其城當此之時易子而食析骸而炊丁壯者死老病童兒皆上城牢守而不下楚王大怒城已破諸城守者皆屠之此獨以父子盲之故得無乘城軍罷圍解則父子俱視夫禍福之轉而相生其變難見也近塞上之人有善術者馬無故亡而入胡人皆弔之其父曰此何遽不爲福乎居數月其馬將胡駿馬

張賓王曰竘讀

而歸人皆賀之其父曰此何遽不能爲禍乎家富良馬其子好騎墮而折其髀人皆弔之其父曰此何不遽爲福乎居一年胡人大入塞丁壯者引絃而戰近塞之人死者十九此獨以跛之故父子相保故福之爲禍禍之爲福化不可極深不可測也或直於辭而不害於事者或虧於耳以忤於心而合於實者高陽魋將爲室問匠人匠人對曰未可也木尚生加塗其上必將撓以生材任重塗今雖成後必敗高陽魋曰不然夫木枯則益勁塗乾則益輕以勁材任輕塗今

雖惡後必善匠人窮於辭無以對受令而爲室其始成竘然善也而後果敗此所謂直於辭而不可用者也何謂虧於耳忤於心而合於實靖郭君將城薛賓客多止之弗聽靖郭君謂謁者曰無爲賓通言齊人有請見者曰臣請道三言而已過三言請烹郭君聞而見之賓趨而進再拜而興因稱曰海大魚則反走靖郭君止之曰願聞其說賓曰臣不敢以死爲熈靖郭君曰先生不遠道而至此爲寡人稱之賓曰海大魚網弗能止也釣弗能牽也蕩而失水則螻蟻皆得

志焉今夫齊君之淵也君失齊則薛能自存乎靖郭君曰善乃止不城薛此所謂虧於耳忤於心而得事實者也夫以無城薛止城薛其於以行說乃不若海大魚故物或遠之而近或近之而遠或說聽計當而身疏或言不用計不行而益親何以明之三國伐齊圍平陸括子以報於牛子曰三國之地不接於我踰鄰國而圍平陸利不足貪也然則求名於我也請以齊侯往牛子以爲善括子出無害子入牛子以括子言告無害子無害子曰異乎臣之所聞牛子曰國危

而不安患結而不解何謂貴智無害子曰臣聞之有裂壤土以安社稷者聞殺身破家以存其國者不聞出其君以爲封疆者牛子不聽無害子之言而用括子之計三國之兵罷而平陸之地存自此之後括子日以疏無害子日以進故謀患而患解圖國而國存括子之智得矣無害子之慮無中於策謀無益於國然而心調於君有義行也今人待冠而飾首待履而行地冠履之於人也寒不能煖風不能障暴不能蔽也然而冠冠履履者其所自託者然也夫咎犯戰勝

城濮而雍季無尺寸之功然而雍季先賞而咎犯後存者其言有貴者也故義者天下之所賞也百言百當不如擇趨而審行也或無功而先舉或有功而後賞何以明之昔晉文公將與楚戰城濮問於咎犯曰爲奈何咎犯曰仁義之事君子不厭忠信戰陳之事不厭詐僞君其詐之而已矣辭咎犯問雍季雍季對曰焚林而獵愈多得獸後必無獸以詐僞遇人雖愈利後亦無復君其正之而已矣於是不聽雍季之計而用咎犯之謀與楚人戰大破之還歸賞有功者先

雍季而後咎犯左右曰城濮之戰咎犯之謀也君行賞先雍季何也文公曰咎犯之言一時之權也雍季之言萬世之利也吾豈可以先一時之權而後萬世之利也哉智伯率韓魏二國伐趙圍晉陽決晉水而灌之城下緣木而處縣釜而炊襄子謂張孟談曰城中力已盡糧食匱乏大夫病爲之奈何張孟談曰亡不能存危弗能安無爲貴智士臣請試潛行見韓魏之君而約之乃見韓之君說之曰臣聞之脣亡而齒寒今智伯率二君而伐趙趙將亡矣趙亡則君爲之

次矣不及今而圖之禍將及二君二君曰智伯之爲人也粗中而少親我謀而泄事必敗爲之柰何張孟談曰言出君之口入臣之耳人孰知之者乎且同情相成同利相死君其圖之二君乃與張孟談陰謀與之期張孟談乃報襄子至其日之夜趙氏殺其守隄之吏決水灌智伯智伯軍救水而亂韓魏翼而擊之襄子將卒犯其前大敗智伯軍殺其身而三分其國襄子乃賞有功者而高赫爲賞首羣臣請曰晉陽之存張孟談之功也而赫爲賞首何也襄子曰晉陽之

圍也寡人國家危社稷殆羣臣無不有驕侮之心者唯赫不失君臣之禮吾是以先之由此觀之義者人之大本也雖有戰勝存亡之功不如行義之隆故君子曰美言可以市尊美行可以加人或有罪而可賞也或有功而可罪也西門豹治鄴廩無積粟府無儲錢庫無甲兵官無計會人數言其過於文侯文侯身行其縣果若人言文侯曰翟璜任子治鄴而大亂子能道則可不能將加誅於子西門豹曰臣聞王主富民霸王富武亡國富庫今王欲爲霸王者也臣故稽

積於民君以爲不然臣請升城鼓之一鼓甲兵粟米可立具也於是乃升城而鼓之一鼓民被甲括矢操兵弩而出再鼓負輦粟而至文侯曰罷之西門豹曰與民約信非一日之積也一舉而欺之後不可復用也燕常侵魏八城臣請北擊之以復侵地遂舉兵擊燕復地而後反此有罪而可賞者也解扁爲東封上計而入三倍有司請賞之文侯曰吾土地非益廣也人民非益衆也入何以三倍對曰以冬伐木而積之於春浮之河而鬻之文侯曰民春以力耕暑以強耘秋以收斂冬閒無事以伐林而積之負軛而浮之河是用民不得休息也民以弊矣雖有三倍之入將焉用之此有功而可罪也賢主不苟得忠臣不苟利何以明之中行穆伯攻鼓弗能下餽聞倫曰鼓之嗇夫聞倫知之請無罷武大夫而鼓可得也穆伯弗應左右曰不折一戟不傷一卒而鼓可得也君奚爲弗使穆伯曰聞倫爲人佞而不仁若使聞倫下之吾可以勿賞乎若賞之是賞佞人佞人得志是使晉國之武舍仁而爲佞雖得鼓將何所用之攻城者欲以廣地

也得地不取者見其本而知其末也秦穆公使孟盟舉兵襲鄭過周以東鄭之賈人弦高蹇他相與謀曰師行數千里數絕諸侯之地其勢必襲鄭凡襲國者以爲無備也今示以知其情必不敢進乃矯鄭伯之命以十二牛勞之三率相與謀曰凡襲人者以爲弗知今已知之矣守備必固進必無功乃還師而反晉先軫舉兵擊之大破之殽鄭伯乃以存國之功賞弦高弦高辭之曰誕而得賞則鄭國之信廢矣爲國而無信是俗敗也賞一人而敗國俗仁者弗爲也以不

信得厚賞義者弗爲也遂以其屬徙東夷終身不反故仁者不以欲傷生知者不以利害義聖人之思脩愚人之思叕忠臣者務崇君之德諂臣者務廣君之地何以明之陳夏徵舒弒其君楚莊王伐之陳人聽令莊王以討有罪遣卒戍陳大夫畢賀申叔時使於齊反還而不賀莊王曰陳爲無道寡人起九軍以討之征暴亂誅罪人羣臣皆賀而子獨不賀何也申叔時曰牽牛蹊人之田田主殺其人而奪之牛罪則有之罰亦重矣今君王以陳爲無道興兵而攻因以誅

罪人遣人戍陳諸侯聞之以王爲非誅罪人也貪陳國也蓋聞君子不棄義以取利王曰善乃罷陳之戍立陳之後諸侯聞之皆朝於楚此務崇君之德者也張武爲智伯謀曰晉六將軍中行文子最弱而上下離心可伐以廣地於是伐范中行滅之矣又教智伯求地於韓魏趙韓魏裂地而授之趙氏不與乃率韓魏而伐趙圍之晉陽三年三國陰謀同計以擊智氏遂滅之此務爲君廣地者也夫爲君崇德者霸爲君廣地者滅故千乘之國行文德者王湯武是也萬乘

之國好廣地者亡智伯是也非其事者勿仞也非其名者勿就也無故有顯名者勿處也無功而富貴者勿居也夫就人之名者廢仞人之事者敗無功而大利者後將爲害譬猶緣高木而望四方也雖愉樂哉然而疾風至未嘗不恐也患及身然後憂之六驥追之弗能及也是故忠臣事君也計功而受賞不爲苟得積力而受官不貪爵祿其所能者受之勿辭也其所不能者與之勿喜也辭所能則匿欲所不能則惑辭所不能而受所能則得無損墮之勢而無不勝之

任矣昔者智伯驕伐范中行而克之又劫韓魏之君而割其地尚以爲未足遂興兵伐趙韓魏反之軍敗晋陽之下身死高梁之東頭爲飲器國分爲三爲天下笑此不知足之禍也老子曰知足不辱知止不殆可以脩久此之謂也或譽人而適足以敗之或毀人而乃反以成之何以知其然也費無忌復於荆平王曰晋之所以霸者近諸夏也而荆之所以不能與之爭者以其僻遠也楚王若欲從諸侯不若大城城父而令太子建守焉以來北方王自收其南是得天下也楚王悅之因命太子建守城父命伍子奢傳之居一年伍子奢遊人於王側言太子甚仁且勇能得民心王以告費無忌無忌曰臣固聞之太子內撫百姓外約諸侯齊晋又輔之將以害楚其事已構矣王曰爲我太子又尚何求曰以秦女之事怨王王因殺太子建而誅伍子奢此所謂見譽而爲禍者也何謂毀人而反利之唐子短陳駢子於齊威王威王欲殺之陳駢子與其屬出亡奔薛孟嘗君聞之使人以車迎之至而養以芻豢黍粱五味之膳日三至冬日被裘

罽夏日服絺紵出則乘牢車駕良馬孟嘗君問之曰夫子生於齊長於齊夫子亦何思於齊對曰臣思夫唐子者孟嘗君曰唐子者非短子者耶曰是也孟嘗君曰子何爲思之對曰臣之處於齊也糲粢之飯藜藿之羹冬日則寒凍夏日則暑傷自唐子之短臣也以身歸君食芻豢飯黍粱服輕煖乘牢良臣故思之此謂毀人而反利之者也是故毀譽之言不可不審也或貪生而反死或輕死而得生或徐行而反疾何以知其然也魯人有爲父報讐於齊者刳其腹而見其心坐而正冠起而更衣徐行而出門上車而步馬顏色不變其御欲驅撫而止之曰今日爲父報讐以出死非爲生也今事已成矣又何去之追者曰此有節行之人不可殺也解圍而去之使被衣不暇帶冠不及正蒲伏而走上車而馳必不能自免於千步之中矣今坐而正冠起而更衣徐行而出門上車而步馬顏色不變此衆人所以爲死也而乃反以得活此所謂徐而馳遲於步也夫走者人之所以爲疾也步者人之所以爲遲也今反乃以人之所爲遲者反爲

前幾段皆此意也後又是一意見神聖能知此道

疾明於分也有知徐之爲疾遲之爲速者則幾於道矣故黃帝亡其玄珠使離朱捷剟索之而弗能得之也於是使忽怳而後能得之聖人敬小慎微動不失時百射重戒禍乃不滋計福勿及慮禍過之同日被霜蔽者不傷愚者有備與知者同功夫爝火在縹煙之中也一指之所能息也塘漏若鼷穴一墣之所能塞也及至火之燔孟諸而炎雲臺水決九江而漸荊州雖起三軍之衆弗能救也夫積愛成福積怨成禍若癰疽之必潰也所浼者多矣諸御鞅復於簡公曰

陳成常宰予二子者甚相憎也臣恐其構難而危國也君不如去一人簡公不聽居無幾何陳成常果攻宰予於庭中而弑簡公於朝此不知敬小之所生也魯季氏與郈氏鬬雞郈氏介其雞而季氏爲之金距季氏之雞不勝季平子怒因侵郈氏之宮而築之郈昭伯怒傷之魯昭公曰禱於襄公之廟舞者二人而已其餘盡舞於季氏季氏之無道無上久矣弗誅必危社稷公以告子家駒子家駒曰季氏之得衆三家爲一其德厚其威強君胡得之昭公弗聽使郈昭伯

前所謂術者至此方露

將卒以攻之仲孫氏季孫氏相與謀曰無季氏死亡無日矣遂興兵以救之郈昭伯不勝而死魯昭公出奔齊故禍之所從生者始於雞足及其大也至於亡社稷故蔡女蕩舟齊師大侵楚兩人搆怨廷殺宰予簡公遇殺身死無後陳氏代之齊乃無呂兩家鬬雞季氏金距郈公作難魯昭公出走故師之所處生以棘楚禍生而不蚤滅若火之得燥水之得濕浸而益大癰疽發於指其痛遍於體故蠹啄剖梁柱蚉蝱走牛羊此之謂也人皆務於救患之備而莫能知使患

無生夫使患無生易於救患而莫能加務焉則未可與言術也晉公子重耳過曹曹君欲見其駢脅使之袒而捕魚釐負羈止之曰公子非常也從者三人皆霸王之佐也遇之無禮必爲國憂君弗聽重耳反國起師而伐曹遂滅之身死人手社稷爲墟禍生於袒而捕魚齊楚欲救曹不能存也聽釐負羈之言則無亡患矣今不務使患無生患生而救之雖有聖知弗能爲謀且患禍之所由來者萬端無方是故聖人深居以避辱靜安以待時小人不知禍福之門戶妄動

而結羅綱雖曲爲之備何足以全其身譬猶失火而鑿池被裘而用箑也且塘有萬穴塞其一魚遽無由出室有百戶閉其一盜遽無從入夫牆之壞也於隙劍之折必有齧聖人見之蚤故萬物莫能傷也太宰子朱侍飯於令尹子國令尹子國啜羹而熱投巵漿而沃之明日太宰子朱辭官而歸其僕曰楚太宰未易得也辭官去之何也子朱曰令尹輕行而簡禮其辱人不難明年伏郎尹而笞之三百夫仕者先避之見終始微矣夫鴻鵠之未孚於卵也一指篾之則靡

而無形矣及至其筋骨之已就而羽翮之所成也則奮翼揮䎗凌乎浮雲背負青天膺摩赤霄翱翔乎忽荒之上徜徉乎虹蜺之間雖有勁弩利矰微繳蒲且子之巧亦弗能加也江水之始出於岷山也可攓裳而越也及至乎下洞庭鶩石城經丹徒起波濤舟杭一日不能濟也是故聖人者常從事於無形之外而不留思盡慮於成事之內是故患禍弗能傷也人或問孔子曰顏回何如人也曰仁人也丘弗如也子貢何如人也曰辯人也丘弗如也子路何如人也曰勇人

也丘弗如也賓曰三人皆賢夫子而爲夫子役何也孔子曰丘能仁且忍辯且訥勇且怯以三子之能易丘一道丘弗爲也孔子知所施之也秦牛缺徑於山中而遇盜奪之車馬解其橐笥拖其衣被盜還反顧之無懼色憂志驩然有以自得也盜遂問之曰吾奪子財貨劫子以刀而志不動何也秦牛缺曰車馬所以載身也衣被所以揜形也聖人不以所養害其養盜相視而笑曰夫不以欲傷生不以利累形者世之聖人也以此而見王者必且以我爲事也還反殺之

此早見識微非聖人不能

此能以知知矣而未能以知不知也能勇於敢而未能勇於不敢也凡有道者應卒而不乏遭難而能免故天下貴之今知所以自行也而未知所以爲人行也其所論未之究者也人能由昭昭於冥冥則幾於道矣詩曰人亦有言無哲不愚此之謂也事或爲之適足以敗之或備之適足以致之何以知其然也秦皇挾錄圖見其傳曰亡秦者胡也因發卒五十萬使蒙公楊翁子將築脩城西屬流沙北擊遼水東結朝鮮中國內郡輓車而餉之又利越之犀角象齒翡翠

珠璣乃使尉屠睢發卒五十萬爲五軍一軍塞鐔城之嶺一軍守九疑之塞一軍處番禺之都一軍守南野之界一軍結餘干之水三年不解甲弛弩使監祿無以轉餉又以卒鑿渠而通糧道以與越人戰殺西嘔君譯吁宋而越人皆入叢薄中與禽獸處莫肯爲秦虜相置桀駿以爲將而夜攻秦人大破之殺尉屠睢伏尸流血數十萬乃發適戍以備之當此之時男子不得脩農畝婦人不得剡麻考縷羸弱服格於道大夫箕會於衢病者不得養死者不得葬於是陳勝

起於大澤奮臂大呼天下席卷而至於戲劉項興義兵隨而定若折槁振落遂失天下禍在備胡而利越也欲知築脩城以備亡不知築脩城之所以亡也發適戍以備越而不知難之從中發也夫鵲先識歲之多風也去高木而巢扶枝大人過之則探鷇嬰兒過之則挑其卵知備遠難而忘近患故秦之設備也烏鵲之智也或爭利而反強之或聽從而反止之何以知其然也魯哀公欲西益宅史爭之以爲西益宅不祥哀公作色而怒左右數諫不聽乃以問其傅宰折

睢曰吾欲益宅而史以爲不祥子以爲何如宰折睢曰天下有三不祥西益宅不與焉哀公大悅而喜頃復問曰何謂三不祥對曰不行禮義一不祥也嗜慾無止二不祥也不聽强諫三不祥也哀公默然深念憤然自反遂不西益宅夫史以爭爲可以止之而不知不爭而反取之也智者離路而得道愚者守道而失路夫見說之巧於閉結無不解非能閉結而盡解之也不解不可解也至乎以弗解解之者可與及言論矣或明禮義推道禮而不行或解搆妄言而反當

何以明之孔子行遊馬失食農夫之稼野人怒取馬而繫之子貢往說之卑辭而不能得也孔子曰夫以人之所不能聽說人譬以大牢享野獸以九韶樂飛鳥也予之罪也非彼人之過也乃使馬圉往說之至見野人曰子耕於東海至於西海吾馬之失安得不食子之苗野人大喜解馬而與之說若此其無方也而反行事有所至而巧不若拙故聖人量鑿而正枘夫歌采菱發陽阿鄙人聽之不若此延路陽局非歌者拙也聽者異也故交畫不暢連環不解物之不通

者聖人不爭也仁者百姓之所慕也義者衆庶之所
高也爲人之所慕行人之所高此嚴父之所以教子
而忠臣之所以事君也然世或用之而身死國亡者
不同於時也昔徐偃王好行仁義陸地之朝者三十
二國王孫厲謂楚莊王曰王不伐徐必反徐朝王曰
偃王有道之君也好行仁義不可伐王孫厲曰臣聞
之大之與小強之與弱也猶石之投卵虎之啗豚又
何疑焉且夫爲文而不能達其德爲武而不能任其
力亂莫大焉楚王曰善乃舉兵而伐徐遂滅之此仁

義而不知世變者也申菽杜茝美人之所懷服也及
漸之於滫則不能保其芳矣古者五帝貴德三王用
義五霸任力今取帝王之道而施之五霸之世是由
乘驥逐人於榛薄而蓑笠盤旋也今霜降而樹穀氷
泮而求穫欲其食則難矣故易曰潛龍勿用者言時
之不可以行也故君子終日乾乾夕惕若厲無咎終
日乾乾以陽動也夕惕若厲以陰息也因日以動因
夜以息唯有道者能行之夫徐偃王爲義而滅燕子
噲行仁而亡哀公好儒而削代君爲墨而殘滅亡削

殘暴亂之所致也而四君獨以仁義儒墨而亡者遭時之務異也非仁義儒墨不行非其世而用之則爲之擒矣夫戟者所以攻城也鏡者所以照形也宮人得戟則以刈葵盲者得鏡則以蓋卮不知所施之也故善鄙不同誹譽在俗趨舍不同逆順在君狂譎不受祿而誅段干木辭相而顯所行同也而利害異者時使然也故聖人雖有其志不遇其世僅足以容身何功名之可致也知天之所爲知人之所行則有以任於世矣知天而不知人則無以與俗交知人而不知天則無以與道遊單豹倍世離俗巖居谷飲不衣絺麻不食五穀行年七十猶有童子之顏色卒而遇饑虎殺而食之張毅好恭過宮室廊廟必趨見門閭聚衆必下廝徒馬圉皆與伉禮然不終其壽内熱而死豹養其内而虎食其外毅脩其外而疾攻其内故直意適情則堅強賊之以身役物則陰陽食之此皆載務而戲乎其調者也得道之士外化而内不化外化所以入人也内不化所以全身也故内有一定之操而外能詘伸贏縮卷舒與物推移故萬舉而不陷

所以貴聖人者以其能龍變也今捲捲然守一節推一行雖以毀碎滅沉猶且弗易者此察於小好而塞於大道也趙宣孟活饑人於委桑之下而天下稱仁焉荆佽非犯河中之難不失其守而天下稱勇焉是故見小行則可以論大體矣田子方見老馬於道喟然有志焉以問其御曰此何馬也其御曰此故公家畜也老罷而不爲用出而鬻之田子方曰少而貪其力老而棄其身仁者弗爲也束帛以贖之罷武聞之知所歸心矣齊莊公出獵有一蟲舉足將搏其輪問

其御曰此何蟲也對曰此所謂螳螂者也其爲蟲也知進而不知却不量力而輕敵莊公曰此爲人而必爲天下勇武矣廻車而避之勇武聞之知所盡死矣故田子方隱一老馬而魏國載之齊莊公避一螳螂而勇武歸之湯教祝網者而四十國朝文王葬死人之骸而九夷歸之武王蔭暍人於樾下左擁而右扇之而天下懷其德越王句踐一決獄不辜援龍淵而切其股血流至足以自罰也而戰武士必其死故聖人行之於小則可以覆大矣審之於近則可以懷遠

矣孫叔敖決期思之水而灌雩婁之野莊王知其可以爲令尹也子發辯擊劇而勞佚齊楚國知其可以爲兵主也此皆形於小微而通於大理者也聖人之舉事不加憂焉察其所以而已矣今萬人調鍾不能比之律誠得知者一人而足矣說者之論亦猶此也誠得其數則無所用多矣夫車之所以能轉千里者以其要在三寸之轄夫勸人而弗能使也禁人而弗能止也其所由者非理也昔者衛君朝於吳吳王囚之欲流之於海說者冠蓋相望而弗能止魯君聞之

撤鐘鼓之縣縞素而朝仲尼入見曰君胡爲有憂色魯君曰諸侯無親以諸侯爲親大夫無黨以大夫爲黨今衛君朝於吳王吳王囚之而欲流之於海孰衛君之仁義而遭此難也吾欲免之而不能爲奈何仲尼曰若欲免之則請子貢行魯君召子貢授之將軍之印子貢辭曰貴無益於解患在所由之道斂躬而行至於吳見太宰嚭太宰嚭甚悅之欲薦之於王子貢曰子不能行說於王奈何吾因子也太宰嚭曰子焉知嚭之不能也子貢曰衛君之來也衛國之半曰

不若朝於晉其半曰不若朝於吳然衛君以爲吳可以歸骸骨也故束身以受命今子受衛君而囚之又欲流之於海是賞言朝於晉者而罰言朝於吳也且衛君之來也諸侯皆以爲蓍龜兆今朝於吳而不利則皆移心於晉矣子之欲成霸王之業不亦難乎太宰嚭入復之於王王報出令於百官曰比十日而衛君之禮不具者死子貢可謂知所以說矣魯哀公爲室而大公宣子諫曰室大衆與人處則譁少與人處則悲願公之適公曰寡人聞命矣築室不輟公宣子

復見曰國小而室大百姓聞之必怨吾君諸侯聞之必輕吾國魯君曰聞命矣築室不輟公宣子復見曰左昭而右穆爲大室以臨二先君之廟得無害於子乎公乃令罷役除版而去之魯君之欲爲室誠矣公宣子止之必矣然三說而一聽者其二者非其道也夫臨河而釣日入而不能得一鯈魚者非江河魚不食也所以餌之者非其欲也及至良工執竿投而擐脣吻者能以其所欲而釣者也夫物無不可奈何有人無奈何鉛之與丹異類殊色而可以爲丹者得其

張賓王曰用前體槩收前數十段妙

數也故繁稱文辭無益於說審其所由而已矣物類之相摩近而異門戶者衆而難識也故或類之而非或不類之而是或若然而不然者或不若然而然者諺曰鳶墮腐鼠而虞氏以亡何謂也曰虞氏梁之大富人也家充盈殷富金錢無量財貨無貲升高樓臨大路設樂陳酒積博其上游俠相隨而行樓下博上者射朋張中反兩而笑飛鳶適墮其腐鼠而中游俠游俠相與言曰虞氏富樂之日久矣而常有輕易人之志吾不敢侵犯而乃辱我以腐鼠如此不報無以

立慬於天下請與公僇力一志悉率徒屬而必以滅其家此所謂類之而非者也何謂非類而是屈建告石乞曰白公勝將爲亂石乞曰不然白公勝卑身下士不敢驕賢其家無筦籥之信關楗之固大斗斛以出輕斤兩以內而乃論之以不宜也屈建曰此乃所以反也居三年白公勝果爲亂殺令尹子椒司馬子期此所謂弗類而是者也何謂若然而不然子發爲上蔡令民有罪當刑獄斷論定決於令尹前子發喟然有悽愴之心罪人已刑而不忘其恩此其後子發

應前起處之意

盤罪威王而出奔，刑者遂襲恩者，恩者逃之於城下之廬。追者至，踹足而怒曰：子發視決吾罪而被吾刑，怨之憯於骨髓，使我得其肉而食之，其知厭乎？追者以爲然而不索其内，果活子發。此所謂若然而不若然者。何謂不然而若然者？昔越王句踐卑下吳王夫差，請身爲臣，妻爲妾，奉四時之祭祀，而入春秋之貢職，委社稷，效民力，隱居爲蔽，而戰爲鋒，行禮甚卑，辭甚服，其離叛之心遠矣。然而甲卒三千人以擒夫差於姑胥。此四策者，不可不審也。夫事之所以難知者，

以其竄端匿跡，立私於公，倚邪於正，而以勝惑人之心者也。若使人之所懷於内者，與所見於外者，若合符節，則天下無亡國破家矣。夫狐之捕雉也，必先卑體彌耳，以待其來也。雉見而信之，故可得而擒也。使狐瞋目植睹，見必殺之勢，雉亦知驚憚遠飛，以避其怒矣。夫人僞之相欺也，非直禽獸之詐計也。物類相似若然，而不可從外論者，衆而難識矣。是故不可不察也。

張賓王曰以性道事變總起中歷歷數利害損益功罪予奪遠近親疎微著等相反相合之微幾而總收之盖鴻烈之極有局者

張賓王曰突而起甚有鋒穎

淮南鴻烈解卷十九

脩務訓

或曰無爲者寂然無聲漠然不動引之不來推之不往如此者乃得道之像吾以爲不然嘗試問之矣若夫神農堯舜禹湯可謂聖人乎有論者必不能廢以五聖觀之則莫得無爲明矣古者民茹草飲水采樹木之實食蠃蛖之肉時多疾病毒傷之害於是神農乃始教民播種五穀相土地宜燥濕肥墝高下嘗百草之滋味水泉之甘苦令民知所避就當此之時一

日而遇七十毒堯立孝慈仁愛使民如子弟西教沃民東至黑齒北撫幽都南道交趾放讙兜於崇山竄三苗於三危流共工於幽州殛鯀於羽山舜作室築牆茨屋辟地樹穀令民皆知去巖穴各有家室南征三苗道死蒼梧禹沐浴霪雨櫛扶風決江疏河鑿龍門闢伊闕脩彭蠡之防乘四載隨山栞木平治水土定千八百國湯夙興夜寐以致聰明輕賦薄斂以寬民氓布德施惠以振困窮弔死問疾以養孤孀百姓親附政令流行乃整兵鳴條困夏南巢譙以其過放

之歷山此五聖者天下之盛主勞形盡慮爲民興利除害而不懈奉一爵酒不知於色挈一石之尊則白汗交流又況贏天下之憂而海內之事者乎其重於尊亦遠也且夫聖人者不耻身之賤而愧道之不行不憂命之短而憂百姓之窮是故禹之爲水以身解於陽盱之河湯旱以身禱於桑山之林聖人憂民如此其明也而稱以無爲豈不悖哉且古之立帝王者非以奉養其欲也聖人踐位者非以逸樂其身也爲天下强掩弱衆暴寡詐欺愚勇侵怯懷知而不以相

教積財而不以相分故立天子以齊之爲一人聰明而不足以遍照海內故立三公九卿以輔翼之絕國殊俗僻遠幽閒之處不能被德承澤故立諸侯以教誨之是以地無不任時無不應官無隱事國無遺利所以衣寒食饑養老弱而息勞倦也若以布衣徒步之人觀之則伊尹負鼎而干湯呂望鼓刀而入周伯里奚轉鬻管仲束縛孔子無黔突墨子無煖席是以聖人不高山不廣河蒙耻辱以干世主非以貪祿慕位欲事起天下利而除萬民之害蓋聞傳書曰神農

此其本旨

張賓王曰議論精晰古聖人之有為者亦得此道非真一無所為若首之所云也

有為與無為同道

憔悴。堯瘦臞。舜黴黑。禹胼胝。由此觀之。則聖人之憂勞百姓甚矣。故自天子以下。至於庶人。四胑不動。思慮不用。事治求贍者。未之聞也。夫地勢水東流。人必事焉。然後水潦得谷行。禾稼春生。人必加功焉。故五穀得遂長。聽其自流。待其自生。則鯀禹之功不立。而后稷之智不用。若吾所謂無爲者。私志不得入公道。嗜欲不得枉正術。循理而舉事。因資而立權。自然之勢。而曲故不得容者。政事而身弗伐。功立而名弗有。非謂其感而不應。攻而不動者。若夫以火熯井。以淮灌山。此用已而背自然。故謂之有爲。若夫水之用舟。沙之用鳩。泥之用輴。山之用蔂。夏瀆而冬陂。因高爲田。因下爲池。此非吾所謂爲之。聖人之從事也。殊體而合於理。其所由異路而同歸。其存危定傾若一。志不忘於欲利人也。何以明之。昔者楚欲攻宋。墨子聞而悼之。自魯趍而十日十夜。足重繭而不休息。裂衣裳裹足。至於郢。見楚王。曰。臣聞大王舉兵將攻宋。計必得宋而後攻之乎。亡其苦衆勞民。頓兵剉銳。負天下以不義之名。而不得咫尺之地。猶且攻之乎。王曰。

喻明上意

必不得宋又且爲不義曷爲攻之墨子曰臣見大王之必傷義而不得宋王曰公輸天下之巧士作雲梯之械設以攻宋曷爲弗取墨子曰令公輸設攻臣請守之於是公輸般設攻宋之械墨子設守宋之備九攻而墨子九郤之弗能入於是乃偃兵輟不攻宋段干木辭祿而處家魏文侯過其閭而軾之其僕曰君何爲軾文侯曰段干木在是以軾其僕曰段干木布衣之士君軾其閭不已甚乎文侯曰段干木不趍勢利懷君子之道隱處窮巷聲施千里寡人敢勿軾乎

段干木光於德寡人光於勢段干木富於義寡人富於財勢不若德尊財不若義高干木雖以巳易寡人不爲吾日悠悠慙於影子何以輕之哉其後秦將起兵伐魏司馬庾諫曰段干木賢者其君禮之天下莫不知諸侯莫不聞舉兵伐之無乃妨於義乎於是秦乃偃兵輟不攻魏夫墨子跌蹏而趍千里以存楚宋段干木闔門不出以安秦魏夫行與止也其勢相反而皆可以存國此所謂異路而同歸者也今夫救火者汲水而趍之或以甕瓴或以盆盂其方員銳橢不

世俗不知學故不知古之聖不知今之時故以後通論學之當務又不可貴古而賤今

同盛水各異其於滅火鈞也故秦楚燕魏之謌也異轉而皆樂九夷八狄之哭也殊聲而皆悲一也夫謌者樂之徵也哭者悲之效也憤於中則應於外故在所以感夫聖人之心日夜不忘於欲利人其澤之所及者効亦大矣世俗廢衰而非學者多人性各有所脩短若魚之躍若鵲之駮此自然者不可損益吾以爲不然夫魚者躍鵲者駮也猶人馬之爲人馬筋骨形體所受於天不可變以此論之則不類矣夫馬之爲草駒之時跳躍揚蹏翹尾而走人不能制齕咋足

以嚙肌碎骨蹶蹏足以破盧陷匈及至圉人擾之良御教之掩以衡扼連以轡銜則雖歷險超壍弗敢辭故其形之爲馬馬不可化其可駕御教之所爲也馬聾蟲也而可以通氣志猶待教而成又況人乎且夫身正性善發憤而成仁帽憑而爲義性命可説不待學問而合於道者堯舜文王也沉湎耽荒不可教以道而可喻以德嚴父弗能正賢師不能化者丹朱商均也曼頰皓齒形夸骨佳不待脂粉芳澤而性可説者西施陽文也啳睽哆噅籧蒢戚施雖粉白黛黑弗

能爲美者嫫毋仳倠也夫上不及堯舜下不及商均
美不及西施惡不若嫫毋此教訓之所諭也而芳澤
之所施且子有弒父者然而天下莫疏其子何也愛
父者衆也儒有邪辟者而先王之道不廢何也其行
之者多也今以爲學者之有過而非學者則是以一
飽之故絶穀不食以一蹪之難輟足不行惑也今有
良馬不待策錣而行駑馬雖策錣之不能進爲此不
用策錣而御則愚矣夫怯夫操利劍擊則不能斷刺
則不能入及至勇武攘捲一擣則摺脅傷幹爲此棄

干將鏌邪而以手戰則悖矣所爲言者齊於衆而同
於俗今不稱九天之頂則言黃泉之底是兩末之端
議何可以公論乎夫橘柚冬生而人曰冬死死者衆
薺麥夏死人曰夏生生者衆江河之回曲亦時有南
北者而人謂江河東流攝提鎮星日月東行而人謂
星辰日月西移者以大氐爲本胡人有知利者而人
謂之經越人有重遲者而人謂之訬以多者名之若
夫堯眉八彩九竅通同而公正無私一言而萬民齊
舜二瞳子是謂重明作事成法出言成章禹耳參漏

是謂大通興利除害疏河決江文王四乳是謂大仁天下所歸百姓所親皐陶馬喙是謂至信決獄明白察於人情禹生於石契生於卵史皇産而能書羿左臂脩而善射若此九賢者千歲而一出猶繼踵而生今無五聖之天奉四俊之才難欲棄學而循性是謂猶釋船而欲蹙水也夫純鈞魚腸劒之始下型擊則不能斷刺則不能入及加之砥礪摩其鋒鍔則水斷龍舟陸剸犀甲明鏡之始下型矇然未見形容及其粉以玄錫摩以白旃鬢眉微毫可得而察夫學亦人

之砥錫也而謂學無益者所以論之過知者之所短不若愚者之所脩賢者之所不足不若衆人之有餘何以知其然夫宋畫吳冶刻刑鏤法亂脩曲出其爲微妙堯舜之聖不能及蔡之幼女衛之稚質梱纂組雜奇彩抑黑質揚赤文禹湯之智不能逮夫天之所覆地之所載包於六合之内託於宇宙之間陰陽之所生血氣之精含牙戴角前爪後距奮翼攫肆蚑行蟯動之蟲喜而合怒而鬭見利而就避害而去其情一也雖所好惡其與人無以異然其爪牙雖利筋骨

雖彊不免制於人者知不能相通才力不能相一也各有其自然之勢無稟受於外故力竭功沮夫鴈順風以愛氣力銜蘆而翔以備矰弋螘知爲垤貛貉爲曲穴虎豹有茂草野彘有艽莦槎櫛堀虛連比以像宮室陰以防雨景以蔽日此亦鳥獸之所以知求合於其所利今使人生於辟陋之國長於窮櫩漏室之下長無兄弟少無父母目未嘗見禮節耳未嘗聞先古獨守專室而不出門使其性雖不愚然其知者必寡矣昔者蒼頡作書容成造曆胡曹爲衣后稷耕稼

儀狄作酒奚仲爲車此六人者皆有神明之道聖智之迹故人作一事而遺後世非能一人而獨兼有之各悉其知貴其所欲達遂爲天下備今使六子者易事而明弗能見者何萬物至衆而知不足以奄之周室以後無六子之賢而皆脩其業當世之人無一人之才而知其六賢之道者何教順施續而知能流通由此觀之學不可已明矣今夫盲者目不能別晝夜分白黑然而搏琴撫弦參彈復徽攫援摽拂手若蔑蒙不失一絃使未嘗鼓瑟者雖有離朱之明攫掇之

捷猶不能屈伸其指何則服習積貫之所致故弓待
檄而後能調劒待砥而後能利玉堅無敵鏤以爲獸
首尾成形礛諸之功木直中繩揉以爲輪其曲中規
隱括之力唐碧堅忍之類猶可刻鏤揉以成器用又
況心意乎且夫精神滑淖纖微倏忽變化與物推移
雲蒸風行在所設施君子有能精搖摩監砥礪其才
自試神明覽物之博通物之壅觀始卒之端見無外
之境以逍遥仿佯於塵埃之外超然獨立卓然離世
此聖人之所以游心若此而不能閑居靜思鼓琴讀

書追觀上古及賢大夫學問講辯日以自娛蘇援世
事分白黑利害籌策得失以觀禍福設儀立度可以
爲法則窮道本末究事之情立是廢非明示後人死
有遺業生有榮名如此者人才之所能逮然而莫能
至焉者偷慢懈惰多不暇日之故夫瘠地之民多有
心者勞也沃地之民多不才者饒也由此觀之知人
無務不若愚而好學自人君公卿至於庶人不自彊
而功成者天下未之有也詩云日就月將學有緝熙
於光明此之謂也名可務立功可彊成故君子積志

學不可彊乎

委正以趍明師勵節亢高以絶世俗何以明之昔者
南策疇耻聖道之獨亡於巳身淬霜露敕蹻趹跋涉
山川冐蒙荆棘百舍重跰不敢休息南見老聃受教
一言精神曉泠鈍聞條達欣然七日不食如饗太牢
是以明照四海名施後世達畧天地察分秋毫稱譽
葉語至今不休此所謂名可彊立者吴與楚戰莫囂
大心撫其御之手曰今日距彊敵犯白刃蒙矢石戰
而身死卒勝民治全我社稷可以庶幾乎遂入不返
決腹斷頭不旋踵運軌而死申包胥竭筋力以赴嚴

敵伏尸流血不過一卒之才不如約身卑辭求救於
諸侯於是乃贏糧跣走跋涉谷行上峭山赴深谿游
川水犯津關蹴蒙籠蹷沙石蹠達膝曾繭重胝七日
七夜至於秦庭鶴跱而不食晝吟宵哭面若死灰顔
色黴黑涕液交集以見秦王曰吴爲封豨脩蛇蠶食
上國虐始於楚寡君失社稷越在草茅百姓離散夫
婦男女不遑啟處使下臣告急秦王乃發車千乘步
卒七萬屬之子虎踰塞而東擊吴濁水之上果大破
之以存楚國烈藏廟堂著於憲法此功之可彊成者

也夫七尺之形心致憂愁勞苦膚知痛疾寒暑人情一也聖人知時之難得務可趣也苦身勞形焦心怖肝不避煩難不違危殆葢聞子發之戰進如激矢合如雷霆解如風雨員之中規方之中矩破敵陷陳莫能壅御澤戰必克攻城必下彼非輕身而樂死務在於前遺利於後故名立而不墮此自强而成功者也是故田者不强囷倉不盈官御不厲心意不精將相不强功烈不成侯王懈惰後世無名詩云我馬唯騏六轡如絲載馳載驅周爰諮諏以言人之有所務也

學貴通時得其略而不得其微鮮不以古今爲是非矣

通於物者不可驚以怪喻於道者不可動以奇察於辭者不可燿以名審於形者不可遯以狀世俗之人多尊古而賤今故爲道者必託之於神農黃帝而後能入說亂世闇主高遠其所從來因而貴之爲學者蔽於論而尊其所聞相與危坐而稱之正領而誦之此見是非之分不明夫無規矩雖奚仲不能以定方圓無準繩雖魯般不能以定曲直是故鍾子期死而伯牙絕弦破琴知世莫賞也惠施死而莊子寢說言見世莫可爲語者也夫項託七歲爲孔子師孔子有

學而不知道者何以異此

以聽其言也以年之少爲閭丈人說救敲不給何道之能明也昔者謝子見於秦惠王惠王說之以問唐姑梁唐姑梁曰謝子山東辯士固權說以取少主惠王因藏怒而待之後日復見逆而弗聽也非其說異也所以聽者易夫以徵爲羽非絃之罪以甘爲苦非味之過楚人有烹猴而召其鄰人以爲狗羹也而甘之後聞其猴也據地而吐之盡瀉其食此未始知味者也邯鄲師有出新曲者託之李奇諸人皆爭學之後知其非也而皆棄其曲此未始知音者也鄙人有

得玉璞者喜其狀以爲寶而藏之以示人人以爲石也因而棄之此未始知玉者也故有符於中則貴是而同今古無以聽其說則所從來者遠而貴之耳此和氏之所以泣血於荊山之下今劒或絕側羸文齧缺卷銋而稱以頃襄之劒則貴人爭帶之琴或撥刺枉橈闊解漏越而稱以楚莊之琴側室爭鼓之苗山之鋌羊頭之銷雖水斷龍舟陸剸兕甲莫之服帶山桐之琴澗梓之腹雖鳴廉隅脩營唐牙莫之鼓也通人則不然服劒者期於銛利而不期於墨陽莫邪乘

馬者期於千里而不期於驊騮綠耳鼓琴者期於鳴廉脩營而不期於濫脇號鍾誦詩書者期於通道略物而不期於洪範商頌聖人見是非若白黑之於目辯清濁之於耳聽衆人則不然中無主以受之譬若遺腹子之上隴以禮哭泣之而無所歸心故夫孿子之相似者唯其母能知之玉石之相類者唯良工能識之書傳之微者唯聖人能論之今取新聖人書名之孔墨則弟子句指而受者必衆矣故美人者非必西施之種通士者不必孔墨之類曉然意有所通於

物故作書以喻意以爲知者也誠得清明之士執玄鑑於心照物明白不爲古今易意攄書明指以示之雖閼棺亦不恨矣昔晉平公令官爲鍾鍾成而示師曠師曠曰鍾音不調平公曰寡人以示工工皆以爲調而以爲不調何也師曠曰使後世無知音者則已若有知音者必知鍾之不調故師曠之欲善調鍾也以爲後之有知音者也三代與我同行五伯與我齊智彼獨有聖智之實我曾無有閭里之聞窮巷之知者何彼并身而立節我誕謾而悠忽今夫毛嬙西施

天下之美人若使之銜腐鼠蒙蝟皮衣豹裘帶死蛇則布衣韋帶之人過者莫不左右睥睨而掩鼻嘗試使之施芳澤正娥眉設笄珥衣阿錫曳齊紈粉白黛黑佩玉環揄步雜芝若籠蒙目視冶由笑目流眺口曾撓奇牙出醶酺搖則雖王公大人有嚴志頡頏之行者無不憛悇癢心而悅其色矣今以中人之才蒙愚惑之智被汙辱之行無本業所脩方術所務焉得無有睥面掩鼻之容哉今鼓舞者繞身若環曾撓摩地扶旋猗那動容轉曲便媚擬神身若秋葯被風髮

若結旌騁馳若騖木熙者舉梧檟據句枉蝯自縱好茂葉龍夭矯燕枝拘援豐條舞扶疏龍從鳥集搏援攫肆蔑蒙踊躍且夫觀者莫不爲之損心酸足彼乃始徐行微笑被衣脩擢夫鼓舞者非柔縱而木熙者非眇勁淹浸漸靡使然也是故生木之長莫見其益有時而脩砥礪𥕢監莫見其損有時而薄藜藿之生蠉蠉然日加數寸不可以爲櫨棟楩柟豫章之生也七年而後知故可以爲棺舟夫事有易成者名小難成者功大君子脩美雖未有利福將在後至故詩云

日就月將。學有緝熙于光明。此之謂也。

張賓王曰興治力學皆世務當脩者截然兩段另是一格

聖人能神而化之有本在

淮南鴻烈解卷二十

泰族訓

天設日月列星辰調陰陽張四時日以暴之夜以息之風以乾之雨露以濡之其生物也莫見其所養而物長其殺物也莫見其所喪而物亡此之謂神明聖人象之故其起福也不見其所由而福起其除禍也不見其所以而禍除遠之則邇延之則踈稽之弗得察之不虛日計無筭歲計有餘夫濕之至也莫見其形而炭已重矣風之至也莫見其象而木已動矣日

之行也不見其移騏驥倍日而馳草木爲之靡縣燧未轉而日在其前故天之且風草木未動而鳥已翔矣其且雨也陰曀未集而魚已噞矣以陰陽之氣相動也故寒暑燥濕以類相從聲響疾徐以音相應也故易曰鳴鶴在陰其子和之高宗諒闇三年不言四海之內寂然無聲一言聲然大動天下是以天心呿唫者也故一動其本而百枝皆應若春雨之灌萬物也渾然而流沛然而施無地而不澍無物而不生故聖人者懷天心聲然能動化天下者也故精神感於

馬即後之仁義

智巧即後之法術

聖人神化與天同

內形氣動於天則景星見黃龍下鳳至醴泉出嘉穀生河不滿溢海不溶波故詩云懷柔百神及河嶠岳逆天暴物則日月薄蝕五星失行四時干乖晝冥宵光山崩川涸冬雷夏霜詩曰正月繁霜我心憂傷天之與人有以相通也故國危亡而天文變世惑亂而虹蜺見萬物有以相連精祲有以相蕩也故神明之事不可以智巧爲也不可以筋力致也天地所包陰陽所嘔雨露所濡生萬物瑶碧玉珠翡翠玳瑁文彩明朗潤澤若濡摩而不玩久而不渝奚仲不能旅

魯般不能造此之謂大巧宋人有以象爲其君爲楮葉者三年而成莖柯豪芒鋒殺顏澤亂之楮葉之中而不可知也列子曰使天地一年而成一葉則萬物之有葉者寡矣夫天地之施化也嘔之而生吹之而落豈此契契哉故凡可度者小也可數者少也至大非度之所能及也至衆非數之所能領也故九州不可頃畝也八極不可道里也太山不可丈尺也江海不可斗斛也故大人者與天地合德日月合明鬼神合靈與四時合信故聖人懷天氣抱天心執中含和

又說天地之神化

不下廟堂而行四海變習易俗民化而遷善若性諸
已能以神化也詩云神之聽之終和且平夫鬼神視
之無形聽之無聲然而郊天望山川禱祠而求福雩
兌而請雨卜筮而決事詩云神之格思不可度思矧
可射思此之謂也天致其高地致其厚月照其夜日
照其晝陰陽化列星朗正有道而物自然故陰陽四
時非生萬物也雨露時降非養草木也神明接陰陽
和而萬物生矣故高山深林非爲虎豹也大木茂枝
非爲飛鳥也流源千里淵深百仞非爲蛟龍也致其

誠故能化

高崇成其廣大山居木棲巢枝穴藏水潛陸行各得
其所寧焉夫大生小多生少天之道也故丘阜不能
生雲雨涔水不能生魚鼈者小也牛馬之氣蒸生蟣
蝨蟣蝨之氣蒸不能生牛馬故化生於外非生於內
也夫蛟龍伏寢於淵而卵剖於陵螣蛇雄鳴於上風
雌鳴於下風而化成形精之至也故聖人養心莫善
於誠至誠而能動化矣今夫道者藏精於內棲神於
心靜漠恬淡訟繆胷中邪氣無所留滯四枝節族毛
蒸理泄則機樞調利百脉九竅莫不順比其所居神

此正聖人之神化

唯其誠也

者得其位也豈節柎而毛脩之哉聖主在上位廓然無形寂然無聲官府若無事朝廷若無人無隱人無軼民無勞役無寃刑四海之內莫不仰上之德象主之指夷狄之國重譯而至非戶辨而家說之也推其誠心施之天下而已矣詩曰惠此中國以綏四方內順而外寧矣太王亶父處邠狄人攻之杖策而去百姓攜幼扶老負釜甑踰梁山而國乎岐周非令之所能召也秦穆公爲野人食駿馬肉之傷也飲之美酒韓之戰以其死力報非券之所責也宓子治亶父巫

馬期往觀化焉見夜漁者得小卽釋之非刑之所能禁也孔子爲魯司寇道不拾遺市買不豫賈田漁皆讓長而斑白不戴負非法之所能致也夫矢之所以射遠貫牢者弩力也其所以中的剖微者正心也賞善罰暴者政令也其所以能行者精神也故弩雖强不能獨中令雖明不能獨行必自精氣所以與之施道故攄道以被民而民弗從者誠心弗施也天地四時非生萬物也神明接陰陽和而萬物生之聖人之治天下非易民性也柎循其所有而滌蕩之故因則

又見聖人之神化因其自然

大化則細矣禹鑿龍門闢伊闕決江濬河東注之海因水之流也后稷墾草發菑糞土樹穀使五種各得其宜因地之勢也湯武革車三百乘甲卒三千人討暴亂制夏商因民之欲也故能因則無敵於天下矣夫物有以自然而後人事有治也故良匠不能斲金巧冶不能鑠木金之勢不可斲而木之性不可鑠也埏埴而爲器窬木而爲舟鑠鐵而爲刃鑄金而爲鐘因其可也駕馬服牛令鷄司夜令狗守門因其然也民有好色之性故有大婚之禮有飲食之性故有大

正見因民之化

饗之誼有喜樂之性故有鐘鼓筦絃之音有悲哀之性故有衰絰哭踊之節故先王之制法也因民之所好而爲之節文者也因其好色而制婚姻之禮故男女有別因其喜音而正雅頌之聲故風俗不流因其寧家室樂妻子教之以順故父子有親因其喜朋友而教之以悌故長幼有序然後脩朝聘以明貴賤饗飲習射以明長幼時搜振旅以習用兵也入學庠序以脩人倫此皆人之所有於性而聖人之所匠成也故無其性不可教訓有其性無其養不能遵道繭之

反說

性爲絲然非得工女煮以熱湯而抽其統紀則不能成絲卵之化爲雛非慈雌嘔煖覆伏累日積久則不能爲雛人之性有仁義之資非聖人爲之法度而教導之則不可使鄉方故先王之教也因其所喜以勸善因其所惡以禁姦故刑罰不用而威行如流政令約省而化燿如神故因其性則天下聽從拂其性則法縣而不用昔者五帝三王之蒞政施教必用參五何謂參五仰取象於天俯取度於地中取法於人乃立明堂之朝行明堂之令以調陰陽之氣以和四時

之節以辟疾病之菑俯視地理以制度量察陵陸水澤肥墽高下之宜立事生財以除饑寒之患中考乎人德以制禮樂行仁義之道以治人倫而除暴亂之禍乃澄列金木水火土之性故立父子之親而成家別清濁五音六律相生之數以立君臣之義而成國察四時季孟之序以立長幼之禮而成官此之謂參制君臣之義父子之親夫婦之辨長幼之序朋友之際此之謂五乃裂地而州之分職而治之築城而居之割宅而異之分財而衣食之立大學而教誨之夙

五帝三王之治如此又能通變故求人以任而不使其衰

與夜寐而勞力之此治之紀綱已然得其人則舉失其人則廢堯治天下政教平德潤洽在位七十載乃求所屬天下之統令四岳揚側陋四岳舉舜而薦之堯堯乃妻以二女以觀其內任以百官以觀其外旣入大麓烈風雷雨而不迷乃屬以九子贈以昭華之玉而傳天下焉以爲雖有法度而朱弗能統也夫物未嘗有張而不弛成而不毀者也唯聖人能盛而不衰盈而不虧神農之初作琴也以歸神及其淫也反其天心夔之初作樂也皆合六律而調五音以通八

風及其衰也以沉湎淫康不顧政治至於滅亡蒼頡之初作書以辯治百官領理萬事愚者得以不忘智者得以志遠至其衰也爲姦刻僞書以解有罪以殺不辜湯之初作囿也以奉宗廟鮮犞之具簡士卒習射御以戒不虞及至其衰也馳騁獵射以奪民時罷民之力堯之舉禹契後稷皐陶政教平姦宄息獄訟止而衣食足賢者勸善而不肖者懷其德及至其末朋黨比周各推其與廢公趍私外內相推舉姦人在朝而賢者隱處故易之失也卦書之失也敷樂之失

亦聖人之順其自然者

也淫詩之失也辟禮之失也責春秋之失也刺天地之道極則反盈則損五色雖朗有時而渝茂木豐草有時而落物有隆殺不得自若故聖人事窮而更為法弊而改制非樂變古易常也將以救敗扶衰黜淫濟非以調天地之氣順萬物之宜也聖人天覆地載日月照陰陽調四時化萬物不同無故無新無疏無親故能法天天不一時地不一利人不一事是以緒業不得不多端趨行不得不殊方五行異氣而皆適調六藝異科而皆同道溫惠柔良者詩之風也淳龐

敦厚者書之教也清明條達者易之義也恭儉尊讓者禮之為也寬裕簡易者樂之化也刺幾辯義者春秋之靡也故易之失鬼樂之失淫詩之失愚書之失拘禮之失忮春秋之失訾六者聖人兼用而裁制之失本則亂得本則治其美在調其失在權水火金木土穀異物而皆任規矩權衡準繩異形而皆施丹青膠漆不同而皆用各有所適物各有宜輪員輿方轅從衡横勢施便也驂欲馳服欲步帶不猒新鉤不猒故處地宜也關雎興於鳥而君子美之為其雎雄之

聖人不拘於一取其適治而已故能神化也

不乖居也鹿鳴興於獸君子大之取其見食而相呼也泓之戰軍敗君獲而春秋大之取其不鼓不成列也宋伯姬坐燒而死春秋大之取其不踰禮而行也成功立事豈足多哉方指所言而取一槩焉爾王喬赤松去塵埃之間離羣慝之紛吸陰陽之和食天地之精呼而出故吸而入新蹀虛輕舉乘雲遊霧可謂養性矣而未可謂孝子也周公誅管叔蔡叔以平國弭亂可謂忠臣也而未可謂弟也湯放桀武王誅紂以爲天下去殘除賊可謂惠君而未可謂忠臣矣樂

羊攻中山未能下中山烹其子而食之以示威可謂良將而未可謂慈父也故可乎可而不可乎不可不可乎不可而可乎可舜許由異行而皆聖伊尹伯夷異道而皆仁箕子比干異趨而皆賢故用兵者或輕或重或貪或廉此四者相反而不可一無也輕者欲發重者欲止貪者欲取廉者不利非其有故勇者可令進鬬而不可令持牢重者可令埴固而不可令凌敵貪者可令進取而不可令守職廉者可令守分而不可令進取信者可令持約而不可令應變五者相

反聖人兼用而材使之夫天地不包一物陰陽不生一類海不讓水潦以成其大山不讓土石以成其高夫守一隅而遺萬方取一物而棄其餘則所得者鮮而所治者淺矣治大者道不可以小地廣者制不可以狹位高者事不可以煩民衆者教不可以苛夫事碎難治也法煩難行也求多難贍也寸而度之至丈必差銖而稱之至石必過石秤丈量徑而寡失簡絲數米煩而不察故大較易爲智曲辯難爲慧故無益於治而有益於煩者聖人不爲無益於用而有益於

費者智者弗行也故功不猒約事不猒省求不猒寡功約易成也事省易治也求寡易贍也衆易之於以任人易矣孔子曰小辯破言小利破義小藝破道小見不達達必簡河以逶蛇故能遠山以陵遲故能高陰陽無爲故能和道以優遊故能化夫徹於一事察於一辭審於一技可以曲説而未可廣應也蓼菜成行甂甌有堤秤薪而爨數米而炊可以治小而未可以治大也員中規方中矩動成獸止成文可以愉舞而不可以陳軍滌盃而食洗爵而飲盥而後饋可以

正見治在人而不在法任

法者有為而不能化

養少而不可以饗衆今夫祭者屠割烹殺剝狗燒豕調平五味者庖也陳簠簋列樽俎設籩豆者祝也齊明盛服淵默而不言神之所依者尸也宰祝雖不能尸不越樽俎而代之故張瑟者小絃急而大絃緩立事者賤者勞而貴者逸舜爲天子彈五絃之琴誦南風之詩而天下治周公肴臑不收於前鐘鼓不解於懸而四夷服趙政晝決獄而夜理書御史冠蓋接於郡縣覆稽趍留戍五嶺以備越築脩城以守胡然姦邪萌生盜賊羣居事愈煩而亂愈生故法者治之具

也而非所以爲治也而猶弓矢中之具而非所以中也黃帝曰芒芒昧昧因天之威與元同氣故同氣者帝同義者王同力者霸無一焉者亡故人主有伐國之志邑犬羣嘷雄鷄夜鳴庫兵動而戎馬驚今日解怨偃兵家老甘臥巷無聚人妖菑不生非法之應也精氣之動也故不言而信不施而仁不怒而威是以天心動化者也施而仁言而信怒而威是以精誠感之者也施而不言仁而不信怒而不威是以外貌爲之者也故有道以統之法雖少足以化矣無道以行

之法雖衆足以亂矣治身太上養神其次養形治國太上養化其次正法神清志平百節皆寧養性之本也肥肌膚充腸腹供嗜欲養生之末也民交讓爭處卑委利爭受寡力事爭就勞日化上遷善而不知其所以然此治之上也利賞而勸善畏刑而不爲非法令正於上而百姓服於下此治之末也上世養本而下世事末此太平之所以不起也夫欲治之主不世出而可與興治之臣不萬一以萬一求不世出此所以千歲不一會也水之性淖以清窮谷之汙生以青

苔不治其性也掘其所流而深之茨其所決而高之使得循勢而行乘衰而流雖有腐髊流漸弗能汙也其性非異也通之與不通也風俗猶此也誠決其善志防其邪心啟其善道塞其姦路與同出一道則民性可善而風俗可美也所以貴扁鵲者非貴其隨病而調藥貴其摩息脉血知病之所從生也所以貴聖人者非貴隨罪而鑒刑也貴其知亂之所由起也若不脩其風俗而縱之淫辟乃隨之以刑繩之以法法雖殘賊天下弗能禁也禹以夏王桀以夏亡湯以殷

王紂以殷亡非法度不存也紀綱不張風俗壞也三代之法不亡而世不治者無三代之智也六律具存而莫能聽者無師曠之耳也故法雖在必待聖而後治律雖具必待耳而後聽故國之所以存者非以有法也以有賢人也其所以亡者非以無法也以無賢人也晉獻公欲伐虞宫之奇存焉爲之寢不安席食不甘味而不敢加兵焉賂以寶玉駿馬宫之奇諫而不聽言而不用越疆而去荀息伐之兵不血刃抱寶牽馬而去故守不待渠壍而固攻不待衝降而拔得

賢之與失賢也故臧武仲以其智存魯而天下莫能亡也璩伯玉以其仁寧衛而天下莫能危也易曰豐其屋蔀其家窺其戶闃其無人無人者非無衆庶也言無聖人以統理之也民無廉耻不可治也非脩禮義廉耻不立民不知禮義法弗能正也非崇善廢醜不向禮義無法不可以爲治也不知禮義不可以行法法能殺不孝者而不能使人爲孔曾之行法能刑竊盜者而不能使人爲伯夷之廉孔子弟子七十養徒三千人皆入孝出悌言爲文章行爲儀表教之所

任法不如任人論至此極矣

成也墨子服役者百八十人皆可使赴火蹈刃死不還踵化之所致也夫刻肌膚鑱皮革被創流血至難也然越爲之以求榮也聖王在上明好惡以示之經誹譽以導之親賢而進之賤不肖而退之無被創流血之苦而有高世尊顯之名民孰不從古者法設而不犯刑錯而不用非可刑而不刑也百工維時庶積咸熙禮義脩而任賢得也故舉天下之高以爲三公一國之高以爲九卿一縣之高以爲二十七大夫一卿之高以爲八十一元士故智過萬人者謂之英千

人者謂之俊百人者謂之豪十人者謂之傑明於天道察於地理通於人情大足以容衆德足以懷遠信足以一異知足以知變者人之英也德足以教化行足以隱義仁足以得衆明足以照下者人之俊也行足以爲儀表知足以決嫌疑廉可以分財信可使守約作事可法出言可道者人之豪也守職而不廢處義而不比見難不苟免見利不苟得者人之傑也英俊豪傑各以小大之材處其位得其宜由本流末以重制輕上唱而民和上動而下隨四海之內一心同

歸背貪鄙而向義理其於化民也若風之搖草木無之而不靡今使愚教知使不肖臨賢雖嚴刑罰民弗從也小不能制大弱不能使强也故聖主者舉賢以立功不肖主舉其所與同文王舉太公望召公奭而王桓公任管仲隰朋而霸此舉賢以立功也夫差用太宰嚭而滅秦任李斯趙高而亡此舉所與同故觀其所舉而治亂可見也察其黨與而賢不肖可論也夫聖人之屈者以求伸也枉者以求直也故雖出邪辟之道行幽昧之塗將欲以直大道成大功猶出林

之中不得直道拯溺之人不得不濡足也伊尹憂天下之不治調和五味負鼎俎而行五就桀五就湯將欲以濁爲清以危爲寧也周公股肱周室輔翼成王管叔蔡叔奉公子祿父而欲爲亂周公誅之以定天下緣不得已也管子憂周室之卑諸侯之力征夷狄伐中國不得寧處故蒙恥辱而不死將欲以憂夷狄之患平夷狄之亂也孔子欲行王道東西南北七十說而無所偶故因衛夫人彌子瑕而欲通其道此皆欲平險除穢由冥冥至炤炤動於權而統於善者也

夫觀逐者於其反也而觀行者於其終也故舜放弟周公殺兄猶之爲仁也文公樹米曾子架羊猶之爲知也當今之世醜必託善以自爲解邪必蒙正以自爲辟遊不論國仕不擇官行不辟汙曰伊尹之道也分別爭財親戚兄弟搆怨骨肉相賊曰周公之義也行無廉恥辱而不死曰管子之趍也行貨賂趣勢門立私廢公比周而取容曰孔子之術也此使君子小人紛然殽亂莫知其是非者也故百川並流不注海者不爲川谷趨行蹐馳不歸善者不爲君子故善言

歸乎可行善行歸乎仁義田子方段干木輕爵祿而重其身不以欲傷生不以利累形李克竭股肱之力領理百官輯穆萬民使其君生無廢事死無遺憂此異行而歸於善者張儀蘇秦家無常居身無定君約從衡之事爲傾覆之謀濁亂天下撓滑諸侯使百姓不遑啟居或從或横或合衆弱或輔富强此異行而歸於醜者也故君子之過也猶日月之蝕何害於明小人之可也猶狗之晝吠鴟之夜見何益於善夫知者不妄發擇善而爲之計義而行之故事成而功足

名言

賴也身死而名足稱也雖有知能必以仁義爲之本然後可立也知能蹐馳百事並行聖人一以仁義爲之準繩中之者謂之君子弗中者謂之小人君子雖死亡其名不滅小人雖得勢其罪不除使人左據天下之圖而右刎喉愚者不爲也身貴於天下也死君親之難視死若歸義重於身也天下大利也比之身則小身所重也比之義則輕義所全也詩曰愷悌君子求福不回言以信義爲準繩也欲成霸王之業者必得勝者也能得勝者必强者也能强者必用人力

者也能用人力者必得人心者也能得人心者必自得者也故心者身之本也身者國之本也未有得已而失人者也未有失已而得人者也故爲治之本務在寧民寧民之本在於足用足用之本在於勿奪時勿奪時之本在於省事省事之本在於節用節用之本在於反性未有能搖其本而靜其末濁其源而清其流者也故知性之情者不務性之所無以爲知命之情者不憂命之所無奈何故不高宮室者非愛木也不大鍾鼎者非愛金也直行性命之情而制度可

此又歸在養身上來即前養神養形與治天下並論之意

以爲萬民儀今目悅五色口嚼滋味耳淫五聲七竅交爭以害其性日引邪欲而澆其身夫調身弗能治奈天下何故自養得其節則養民得其心矣所謂有天下者非謂其履勢位受傳籍稱尊號也言運天下之力而得天下之心紂之地左東海右流沙前交阯後幽都師起容關至浦水士億有餘萬然皆倒矢而射傍戟而戰武王左操黃鉞右執白旄以麾之則瓦解而走遂土崩而下紂有南面之名而無一人之德此失天下也故桀紂不爲王湯武不爲放周處酆鎬

之地方不過百里而誓紂牧之野入據殷國朝成湯之廟表商容之閭封比干之墓解箕子之囚乃折抱毀鼓偃五兵縱牛馬搢笏而朝天下百姓謌謳而樂之諸侯執禽而朝之得民心也闔閭伐楚五戰入郢燒高府之粟破九龍之鍾鞭荆平王之墓舍昭王之宮昭王奔隨百姓父兄攜幼扶老而隨之乃相率而爲致勇之寇皆方命奮臂而爲之鬬當此之時無將卒以行列之各致其死却吳兵復楚地靈王作章華之臺發乾谿之役外內搔動百姓罷敝弃疾乘民之

此縱己之欲而不能得民不知養身者也

愁而立公子比百姓放臂而去之餓於乾谿食莽飲水枕塊而死楚國山川不變土地不易民性不殊昭王則相率而殉之靈王則倍畔而去之得民之與失民也故天子得道守在四夷天子失道守在諸侯諸侯得道守在四鄰諸侯失道守在四境故湯處亳七十里文王處酆百里皆令行禁止於天下周之衰也戎伐凡伯於楚丘以歸故得道則以百里之地令於諸侯失道則以天下之大畏於冀州故曰無恃其不吾奪也恃吾不可奪行可奪之道而非簒弑之行無

益於持天下矣凡人之所以生者衣與食也今囚之冥室之中雖養之以芻豢衣之以綺繡不能樂也以目之無見耳之無聞穿隙穴見雨零則快然而歎之況開戶發牖從冥冥見炤炤乎見炤炤猶尚肆然而喜又況出室坐堂見日月光乎見日月光曠然而樂又況登太山履石封以望八荒視天都若蓋江河若帶又況萬物在其間者乎其爲樂豈不大哉且聾者耳形具而無能聞也盲者目形存而無能見也夫言者所以通已於人也聞者所以通人於已也瘖者不

又以養身論到學上求性學能知道故能治人

言聾者不聞既瘖且聾人道不通故有瘖聾之病者雖破家求醫不顧其費豈獨形骸有瘖聾哉心志亦有之夫指之拘也莫不事申也心之塞也莫知務通也不明於類也夫觀六藝之廣崇窮道德之淵深達乎無上至乎無下運乎無極翔乎無形廣於四海崇於太山富於江河曠然而通昭然而明天地之間無所繫戾其所以監觀豈不大哉人之所知者淺而物變無窮曩不知而今知之非知益多也問學之所加也夫物常見則識之嘗爲則能之故因其患則造其

備犯其難則得其便夫以一世之壽而觀千歲之知今古之論雖未嘗更也其道理素具可不謂有術乎人欲知高下而不能教之用管準則說欲知輕重而無以予之以權衡則喜欲知遠近而不能教之以金目則快射又況知應無方而不窮哉犯大難而不懾見煩繆而不惑晏然自得其爲樂也豈直一說之快哉夫道有形者皆生焉其爲親亦戚矣享穀食氣者皆受焉其爲君亦惠矣諸有智者皆學焉其爲師亦博矣射者數發不中人教之以儀則喜矣又況生儀

者乎人莫不知學之有益於己也然而不能者嬉戲害人也人皆多以無用害有用故智不博而日不足以鑿觀池之力耕則田野必辟矣以積土山之高脩隄防則水用必足矣以食狗馬鴻鴈之費養士則名譽必榮矣以弋獵博奕之日誦詩讀書聞識必博矣故不學之與學也猶瘖聾之比於人也凡學者能明於天下之分通於治亂之本澄心清意以存之見其終始可謂知畧矣天之所爲禽獸草木人之所爲禮節制度搆而爲宮室制而爲舟輿是也治之所以爲

本者仁義也所以爲末者法度也凡人之所以事生者本也其所以事死者末也本末一體也其兩愛之一性也先本後末謂之君子以末害本謂之小人君子與小人之性非異也所在先後而已矣草木洪者爲本而殺者爲末禽獸之性大者爲首而小者爲尾末大於本則折尾大於要則不掉矣故食其口而百節肥灌其本而枝葉美天地之性也天地之生物也有本末其養物也有先後人之於治也豈得無終始哉故仁義者治之本也今不知事脩其本而務治其

應前所論一歸之於仁義

末是釋其根而灌其枝也且法之生也以輔仁義今重法而棄義是貴其冠履而忘其頭足也故仁義者爲厚基者也不益其厚而張其廣者毀不廣其基而增其高者覆趙政不增其德而累其高故滅智伯不行仁義而務廣地故亡其國語曰不大其棟不能任重重莫若國棟莫若德國主之有民也猶城之有基木之有根根深則本固基美則上寧五帝三王之道天下之綱紀治之儀表也今商鞅之啟塞申子之三符韓非之孤憤張儀蘇秦之從衡皆掇取之權一切

商鞅申韓之說豈所謂治

之術也非治之大本事之恒常可博聞而世傳者也子囊北而全楚北不可以爲庸弦高誕而存鄭誕不可以爲常今夫雅頌之聲皆發於詞本於情故君臣以睦父子以親故韶夏之樂也聲浸乎金石潤乎草木今取怨思之聲施之於絃管聞其音者不淫則悲淫則亂男女之辯悲則感怨思之氣豈所謂樂哉趙王遷流於房陵思故鄉作爲山水之嘔聞者莫不殞涕荆軻西刺秦王高漸離宋意爲擊筑而謌於易水之上聞者莫不瞋目裂眦髮植穿冠因以此聲爲樂

哉以其非仁義也

極論法制之不知仁義故聖人不務彼而務此

而入宗廟豈古之所謂樂哉故弁冕輅輿可服而不可好也大羹之和可食而不可嗜也朱絃漏越一唱而三嘆可聽而不可快也故無聲者正其可聽者也其無味者正其足味者也吠聲清於耳兼味快於口非其貴也故事不本於道德者不可以爲儀言不合乎先王者不可以爲道音不調乎雅頌者不可以爲樂故五子之言所以便說攝取也非天下之通義也聖王之設政施教也必察其終始其縣法立儀必原其本末不苟以一事備一物而巳矣見其造而思其

功觀其源而知其流故博施而不竭彌久而不垢夫水出於山而入於海稼生於田而藏於倉聖人見其所生則知其所歸矣故舜深藏黃金於嶄巖之山所以塞貪鄙之心也儀狄爲酒禹飲而甘之遂疏儀狄而絕嗜酒所以遏流湎之行也師延爲平公鼓朝謌北鄙之音師曠曰此亡國之樂也太息而撫之所以防淫辟之風也故民知書而德衰知數而厚衰知券契而信衰知械機而實衰也巧詐藏於胸中則純白不備而神德不全矣琴不鳴而二十五絃各以其聲

應軸不運而三十輻各以其力旋紘有緩急小大然後成曲車有勞軼動靜而後能致遠使有聲者乃無聲者也能致千里者乃不動者也故上下異道則治同道則亂位高而道大者從事大而道小者凶故小快害義小慧害道小辯害治苛削傷德大政不險故民易道至治寬裕故下不相賊至中復素故民無匿情商鞅爲秦立相坐之法而百姓怨矣吳起爲楚減爵祿之令而功臣畔矣商鞅之立法也吳起之用兵也天下之善者也然商鞅以法亡秦察於刀筆之跡

而不知治亂之本也吳起以兵弱楚習於行陳之事而不知廟戰之權也晉獻公之伐驪得其女非不善也然而史蘇歎之見其四世之被禍也吳王夫差破齊艾陵勝晉黃池非不捷也而子胥憂之見其必擒於越也小白奔莒重耳奔曹非不困也而鮑叔咎犯隨而輔之知其可與至於霸也句踐棲於會稽脩政不殆謨慮不休知禍之爲福也襄子再勝而有憂色畏福之爲禍也故齊桓公亡汶陽之田而霸智伯兼三晉之地而亡聖人見禍福於重閉之内而慮患於

博喻法律之不可用

九拂之外者也螈蠶一歲再收非不利也然而王法禁之者爲其殘桑也離先稻熟而農夫耨之不以小利傷大穫也家老異飯而食殊器而亨子婦跣而上堂跪而斟羮非不費也然而不可省者爲其害義也待媒而結言聘納而取婦紱絻而親迎非不煩也然而不可易者所以防淫也使民居處相司有罪相覺於以舉姦非不掇也然而傷和睦之心而構仇讎之怨故事有鑿一孔而生百隙樹一物而生萬葉者所鑿不足以爲便而所開足以爲敗所樹不足以爲利

仁義可不務哉

而所生足以爲濊愚者惑於小利而忘其大害昌羊去蚤虱而人弗庠者爲其來蛉窮也貍執鼠而不可脫於庭者爲搏鷄也故事有利於小而害於大得於此而忘於彼者故行棊者或食兩而路窮或予蹄而取勝偷利不可以爲行而智術可以爲法故仁知人材之美者也所謂仁者愛人也所謂知者知人也愛人則無虐刑矣知人則無亂政矣治由文理則無悖謬之事矣刑不侵濫則無暴虐之行矣上無煩亂之治下無怨望之心則百殘除而中和作矣此三代之

又以仁義用人並結本旨

所以故書曰能哲且惠黎民懷之何憂讙兜何遷有苗智伯有五過人之材而不免於身死人手者不愛人也齊王建有三過人之巧而身虜於秦者不知賢也故仁莫大於愛人知莫大於知人二者不立雖察慧捷巧劬祿疾力不免於亂也

此淮南自叙也而文多韋合較班馬自叙不類遠甚

淮南鴻烈解卷二十一

要畧

夫作爲書論者所以紀綱道德經緯人事上考之天下揆之地中通諸理雖未能抽引玄妙之中才繁然足以觀終始矣總要舉凡而語不剖判純樸靡散大宗懼爲人之惽惽然弗能知也故多爲之辭博爲之說又恐人之離本就末也故言道而不言事則無以與世浮沉言事而不言道則無以與化遊息故著二十篇有原道有俶眞有天文有地形有時則有覽冥有精神有本經有主術有繆稱有齊俗有道應有氾論有詮言有兵畧有說山有說林有人間有脩務有泰族也原道者盧牟六合混沌萬物象太一之容測窈冥之深以翔虛無之軫託小以苞大守約以治廣使人知先後之禍福動靜之利害誠通其志浩然可以大觀矣欲一言而寤則尊天而保眞欲再言而通則賤物而貴身欲參言而究則外物而反情執其大指以內洽五藏瀸濇肌膚被服法則而與之終身所以應待萬方覽耦百變也若轉丸掌中足以自樂也

傚眞者窮逐終始之化嬴埒有無之精離别萬物之變合同死生之形使人遺物反巳審仁義之間通同異之理觀至德之統知變化之紀説符玄妙之中通廻造化之母也天文者所以和陰陽之氣理日月之光節開塞之時列星辰之行知逆順之變避忌諱之殃順時運之應法五神之常使人有以仰天承順而不亂其常者也地形者所以窮南北之脩極東西之廣經山陵之形區川谷之居明萬物之主知生類之衆列山淵之數規遠近之路使人通廻周備不可動

以物不可驚以怪者也時則者所以上因天時下盡地力據度行當合諸人則形十二節以爲法式終而復始轉於無極因循倣依以知禍福操舍開塞各有龍忌發號施令以時教期使君人者知所以從事覽冥者所以言至精之通九天也至微之淪無形也純粹之入至清也昭昭之通冥冥也乃始攬物引類覽取撟掇浸想宵類物之可以喻意象形者乃以穿通窘滯決瀆壅塞引人之意繫之無極乃以明物類之感同氣之應陰陽之合形埒之朕所以令人遠觀博

見者也。精神者。所以原本人之所由生。而曉寤其形
骸九竅。取象於天。合同。其血氣與雷霆風雨。比類。其
喜怒與晝宵寒暑。並明。審死生之分。別同異之跡。節
動靜之機。以反其性命之宗。所以使人愛養其精神。
撫靜其魂魄。不以物易己。而堅守虛無之宅者也。本
經者。所以明大聖之德。通維初之道。埒畧衰世古今
之變。以褒先聖之隆盛。而貶末世之曲政也。所以使
人黜耳目之聰明。精神之感動。樽流遁之觀。節養性
之和。分帝王之操。列小大之差者也。主術者。君人之
事也。所以因作任督責。使群臣各盡其能也。明攝權
操柄。以制群下。提名責實。考之參伍。所以使人主秉
數持要。不忘喜怒也。其數直施而正邪。外私而立公。
使百官條通而輻輳。各務其業。人致其功。此主術之
明也。繆稱者。破碎道德之論。差次仁義之分。畧雜人
間之事。總同乎神明之德。假象取耦。以相譬喻。斷短
為節。以應小具。所以曲說攻論。應感而不匱者也。齊
俗者。所以一羣生之短修。同九夷之風氣。通古今之
論。貫萬物之理。財制禮義之宜。擘畫人事之終始者

也道應者攬掇遂事之蹤追觀往古之跡察禍福利害之反考驗乎老莊之術而以合得失之勢者也氾論者所以箴縷縩繺之間攕揳唲齵之郄也接徑直施以推本樸而兆見得失之變利病之文所以使人不妄沒於勢利不誘惑於事態有符曮晛兼稽時世之變而與化推移者也詮言者所以譬類人事之指解喻治亂之體也差擇微言之眇詮以至理之文而補縫過失之闕者也兵畧者所以明戰勝攻取之數形勢之機詐譎之變體因循之道操持後之論也所以知戰陣分爭之非道不行也知攻取堅守之非德不强也誠明其意進退左右無所失擊危乘勢以爲資清靜以爲常避實就虛若驅羣羊此所以言兵也說山說林者所以竅窕穿鑿百事之壅遏而通行貫扃萬物之窒塞者也假譬取象異類殊形以領理人之意懈墮結細說捍搏囷而以明事埒事者也人間者所以觀禍福之變察利害之反鑽脉得失之跡標舉終始之壇也分别百事之微敷陳存亡之機使人知禍之爲福亡之爲得成之爲敗利之爲害也誠喻

至意則有以傾側偃仰世俗之間而無傷乎讒賊螫毒者也脩務者所以爲人之於道未淹味論未深見其文辭反之以清靜爲常恬淡爲本則懈墮分學縱欲適情欲以偷自佚而塞於大道也今夫狂者無憂聖人亦無憂聖人無憂和以德也狂者無憂不知禍福也故通而無爲也與塞而無爲也同其無爲則同其所以無爲則異故爲之浮稱流説其所以能聽所以使學者孳孳以自幾也泰族者橫八極致高崇上明三光下和水土經古今之道治倫理之序總萬方

之指而歸之一本以經緯治道紀綱王事乃原心術理情性以館清平之靈澄澈神明之精以與天和相嬰薄所以覽五帝三王懷天氣抱天心執中含和德形於內以莙凝天地發起陰陽序四時正流方綏之斯寧推之斯行乃以陶冶萬物遊化羣生唱而和動而隨四海之內一心同歸故景星見祥風至黃龍下鳳巢列樹麟止郊野德不內形而行其法藉專用制度神祇弗應福祥不歸四海弗賓兆民弗化故德形於內治之大本此鴻烈之泰族也凡屬書者所以窺

道開塞使後世庶知舉錯取捨之宜適外與物接而不眩內有以處神養氣宴煬至和而已自樂所受乎天地者也故言道而不明終始則不知所倣依言終始而不明天地四時則不知所避諱言天地四時而不引譬援類則不識精微言至精而不原人之神氣則不知養生之機原人情而不言大聖之德則不知五行之差言帝道而不言君事則不知小大之衰言君事而不為稱喻則不知動靜之宜言稱喻而不言俗變則不知合同大指已言俗變而不言往事則不

知道德之應知道德而不知世曲則無以耦萬方知氾論而不知詮言則無以從容通書文而不知兵指則無以應卒已知大略而不知譬喻則無以推明事知公道而不知人間則無以應禍福知人間而不知脩務則無以使學者勸力欲强省其辭覽總其要弗曲行區入則不足以窮道德之意故著書二十篇則天地之理究矣人間之事接矣帝王之道備矣其言有小有巨有微有粗指奏卷異各有為語今專言道則無不在焉然而能得本知末者其唯聖人也今學

張賓王曰喻妙

者無聖人之才而不爲詳說則終身顛頓乎混溟之中而不知覺寤乎昭明之術矣今易之乾坤足以窮道通意也八卦可以識吉凶知禍福矣然而伏羲爲之六十四變周室增以六爻所以原測淑清之道而攟逐萬物之祖也夫五音之數不過宮商角徵羽然而五弦之琴不可鼓也必有細大駕和而後可以成曲今畫龍首觀者不知其何獸也具其形則不疑矣今謂之道則多謂之物則少謂之術則博謂之事則淺推之以論則無可言者所以爲學者固欲致之不

言而已也夫道論至深故多爲之辭以抒其情萬物至衆故博爲之說以通其意辭雖壇卷連漫絞紛遠援所以洮汰滌蕩至意使之無凝竭底滯捲握而不散也夫江河之腐胔不可勝數然祭者汲焉大也一盃酒白蠅漬其中匹夫弗嘗者小也誠通乎二十篇之論睹凡得要以通九野徑十門外天地捭山川其於逍遙一世之間宰匠萬物之形亦優游矣若然者挾日月而不烑潤萬物而不耗曼兮洮兮足以覽矣藐兮浩兮曠曠兮可以游矣文王之時紂爲天子賦

斂無度戮殺無止康梁沉湎宮中成市作爲炮烙之刑刳諫者剔孕婦天下同心而苦之文王四世纍善脩德行義處岐周之間地方不過百里天下二垂歸之文王欲以卑弱制強暴以爲天下去殘除賊而成王道故太公之謀生焉文王業之而不卒武王繼文王之業用太公之謀悉索薄賦躬擐甲冑以伐無道而討不義誓師牧野以踐天子之位天下未定海内未輯武王欲昭文王之令德使夷狄各以其賄來貢遼遠未能至故治三年之喪殯文王於兩楹之間以

俟遠方武王立三年而崩成王在襁褓之中未能用事蔡叔管叔輔公子祿父而欲爲亂周公繼文王之業持天子之政以股肱周室輔翼成王懼爭道之不塞臣下之危上也故縱馬華山放牛桃林敗鼓折枹搢笏而朝以寧靜王室鎮撫諸侯成王既壯能從政事周公受封於魯以此移風易俗孔子脩成康之道述周公之訓以教七十子使服其衣冠脩其篇籍故儒者之學生焉墨子學儒者之業受孔子之術以爲其禮煩擾而不悅厚葬靡財而貧民復傷生而害事

故背周道而用夏政禹之時天下大水禹身執虆垂以爲民先剔河而道九岐鑿江而通九路辟五湖而定東海當此之時燒不暇撌濡不給扢死陵者葬陵死澤者葬澤故節財薄葬閑服生焉齊桓公之時天子卑弱諸侯力征南夷北狄交伐中國中國之不絕如綫齊國之地東負海而北彰河地狹田少而民多智巧桓公憂中國之患苦夷狄之亂欲以存亡繼絕崇天子之位廣文武之業故管子之書生焉齊景公內好聲色外好狗馬獵射亡歸好色無辨作爲路寢

之臺族鑄大鍾撞之庭下郊雉皆呴一朝用三千鍾贛梁丘據子家噲導於左右故晏子之諫生焉晚世之時六國諸侯谿異谷別水絕山隔各自治其境內守其分地握其權柄擅其政令下無方伯上無天子力征爭權勝者爲右恃連與國約重致剖信符結遠援以守其國家持其社稷故縱橫脩短生焉申子者韓昭釐之佐韓晉別國也地墽民險而介於大國之間晉國之故禮未滅韓國之新法重出先君之令未收後君之令又下新故相反前後相繆百官背亂不

知所用故刑名之書生焉秦國之俗貪狠強力寡義而趨利可威以刑而不可化以善可勸以賞而不可厲以名被險而帶河四塞以為固地利形便畜積殷富孝公欲以虎狼之勢而吞諸侯故商鞅之法生焉若劉氏之書觀天地之象通古今之事權事而立制度形而施宜原道之心合三王之風以儲與扈冶玄眇之中精搖靡覽棄其畛挈斟其淑靜以統天下理萬物應變化通殊類非循一跡之路守一隅之指拘繫牽連於物而不與世推移也故置之尋常而不塞布之天下而不窕

張賓王曰詞華多新奇可喜全書之梗緊可觀

图书在版编目（CIP）数据

淮南鸿烈解 /（汉）刘安撰；（明）茅坤辑评．—
北京：中国书店，2013.8
（中国书店藏珍贵古籍丛刊）
ISBN 978-7-5149-0815-2

Ⅰ.①淮… Ⅱ.①刘…②明… Ⅲ.①杂家—中国—西汉时代 Ⅳ.①B234.4

中国版本图书馆 CIP 数据核字（2013）第 118624 号

ISBN 978-7-5149-0815-2

中國書店藏珍貴古籍叢刊

淮南鴻烈解

一函六册

作者　漢·劉安撰　明·茅坤輯評
出版發行　中國書店
地址　北京市西城區琉璃廠東街一一五號
郵編　一〇〇〇五〇
印刷　杭州蕭山古籍印務有限公司
版次　二〇一三年八月第一版第一次印刷
書號　ISBN 978-7-5149-0815-2
定價　二五〇〇元